Birgid Windisch

Die Frau vom Land – mit Herz und Verstand

Und die Tücken des Alltags

.

Birgid Windisch

Die Frau vom Land - mit Herz und Verstand

Die lustigen Erlebnisse der Anna Hasenpusch

Impressum:

Bibliografische Information der Deutschen Nationalbibliothek:

Die Deutsche Nationalbibliothek verzeichnet diese Publikation in der Deutschen Nationalbibliografie; detaillierte bibliografische Daten sind im Internet über http://dnb.dnb.de abrufbar.

Herstellung und Verlag: BoD – Books on Demand, Norderstedt

ISBN: 9783751907491

Für alle nicht perfekten

Hausfrauen

Wie immer gilt auch hier der
Spruch meines Vaters:

Es sind alles reine, gelogene
Tatsachen!

Die Frau vom Land bricht ein

Eines heißen Abends – er war wirklich sehr heiß – die Temperatur betrug immer noch 31 Grad und das um 21:30 - wollte ich, die Frau vom Land, mit meinem Mann, den Hund noch einmal zum Pinkeln rauslassen und dabei gleich noch die beiden alten Kater füttern.

Normalerweise waren es nur er oder ich, die diesen Liebesdienst versahen, doch heute marschierten wir ausnahmsweise beide hinaus. Wir liefen mit dem alten Hund die Treppe hinunter, damit er auch ja das Bein unten hob und nicht nur in der Gegend herumguckte, ob nicht irgendwo eine tolle Hündin versteckt wäre. Dabei besah ich gleich das Hochbeet, ob eine Schnecke eventuell darin wütete, bemerkte aber nur eine Ameise, die die Lage sondierte. Dann wollte der Herr, nicht unbedingt vom Land, aber durch Verheiratung mit der Frau vom Land als ländlicher Herr eingebürgert, noch ein Zigarillo rauchen.

Als wir wieder ins Haus gehen wollten, stellten wir fest, dass die Tür zu war. „Hast du den Schließhebel an der Tür nach unten gemacht?" wollte er (noch) liebenswürdig wissen. Ich erinnerte mich nicht daran (ich mache das meist automatisch), wies ihn jedoch darauf hin, dass er es genauso gut auch selbst gewesen sein konnte, was er jedoch vehement abstritt.

„Ich weiß es einfach nicht mehr," antwortete ich (ebenfalls noch) liebevoll, bevor ich mich aufmachte in den Außenkeller, um den dort versteckten Ersatzschlüssel zu holen. Zum Glück lag er noch da, wo er hingehörte. Aufatmend nahm ich ihn an mich und schwenkte ihn, oben angekommen, triumphierend vor meinem Gatten. „Wenn du mich nicht hättest!" „Dann wäre der Hebel oben und wir könnten hinein," antwortete er taktlos. „Das weißt du doch gar nicht, ob ich das war, aber wahrscheinlich schon, entgegnete ich."

Ich gab ihm den Schlüssel, woraufhin er mit wachsender Panik im Schloss herumstocherte und meinte, der Schlüssel passe nicht. „Es sind ja auch drei," rief ich ungeduldig und riss ihm die Schlüssel aus der Hand. Da war der Schlüssel für die Innentür, die von vorne und ja, da war der Richtige! Ich schob ihn hinein und versuchte ihn zu drehen. Ging nicht - nanu? Ich stocherte und stocherte. Nichts! Siedend heiß fiel mir ein, dass wahrscheinlich der andere Schlüssel innen steckte, weil mein lieber Mann umsichtig dafür sorgt, dass der Schlüssel sich inwendig im Schloss befindet, um eventuelle Einbrecher am Einbrechen zu hindern. Mist! „Der Schlüssel steckt innen,“ sagte ich kleinlaut. „Oh!“ rief mein Göttergatte geistreich. „Ja, oh, du hast mit deinem Ordnungsfimmel dafür gesorgt, dass er sich innen befindet!! Was machen wir denn jetzt?“ Man Mann brummelte vor sich hin, dass er ganz sicher keinen Fimmel habe, weil so etwas, wie jeder wisse, nur Frauen vorbehalten sei und wenn ich keinen Chaostrieb hätte, müsse er auch nicht ständig für Ordnung sorgen. Ich hörte ihm abwesend zu und schüttelte dabei nur verneinend den Kopf.

Da fiel mir die Außenkellertüre ein und damit mein vielgeübter Trick aus den Büchern von Enid Blyton, wie man einen Schlüssel aus einem Schloss stochert und dann auf einer Zeitung, die man vorher untendurch geschoben hat, unter der Tür durchzieht. Noch dazu hatte ich auch hierfür einen Ersatzschlüssel, wie ich mich voller Stolz erinnerte und ebenso natürlich steckte der Schlüssel von innen. Es war wie verhext. Also Zeit, um endlich einmal meinen tollen, angelesenen Schlüsseltrick anzuwenden.

„Komm, ich weiß, wie wir reinkommen," rief ich begeistert und schleppte meinen Herren vom Land nach unten, um ihm meinen schlauen Kniff vorzuführen. Ich nahm den Ersatzschlüssel und versuchte, damit den innen steckenden Schlüssel hinauszuschieben. Es klappte nicht. Der Herr vom Land nahm mir den Schlüssel aus der Hand und versuchte seinerseits sein Glück – nichts! „Ich glaube, ich habe ihn extra verdreht hineingesteckt, damit Einbrecher nicht so leicht ins Haus kommen können." Unfreundlich sah ich ihn an. „Haben wir nicht irgendwo eine Taschenlampe?" „Ja, im Auto," antwortete mein Mann hilfsbereit und machte sich auf, sie zu holen. Derweil bohrte ich weiter.

Zum Glück hatte er wenigstens seinen Autoschlüssel einstecken. Er kam mit der Lampe und einem kleinen Schraubenzieher, dem Traum jedes Einbrechers, da ansprechend gebogen. Er leuchtete und bohrte und stieß und stocherte – nichts! Ich riss ihm ungeduldig Lampe und Stocherwerkzeug aus der Hand. „Was ist denn das Rote da im Schlüsselloch?" „Ich weiß nicht," zuckte mein Schatz die Schultern. „Ach, das ist der Bendel, den ich extra drangebunden habe, damit man den Schlüssel neben der Tür an dem Nagel aufhängen kann." Wie man unschwer feststellen konnte, hing der Schlüssel jedoch nicht am Nagel, sondern steckte im Schloss.

Meine Achtung vor Einbrechern stieg mit jeder vergeblichen Stocherei unsererseits. „Kannst du nicht die Tür eintreten, wie die das im Krimi immer machen?" „Klar kann ich das, aber dann ist die Tür kaputt," meinte mein Gatte trocken.

„Oder ein Loch hineinsägen?" Er verschwand – ich vermutete, um eine Kettensäge zu holen.

Mit einem Akkuschrauber, erschien er wieder. Ein Glück, dass wir im Wohnwagen etwas Werkzeug hatten, und dass auch vorne in Papas Werkstatt noch etwas zu finden war, schoss es mir durch den Kopf.

Der Herr vom Land schraubte die Schlossblende ab und nun konnten wir besser erkennen, wo wir gerade herumstocherten. Es sah gut aus, der Schlüsselbart war inzwischen sogar unten, aber leider hoffnungslos verkantet.

„Jetzt reichts, ich brauche einen Hammer!" Mein Schatz machte sich wieder auf, um einen Hammer zu suchen, derweil ich weiter im Schloss herumpuhlte.

Mit den Worten: „Jetzt langt es mir," steckte er einen dicken Schraubenzieher ins Schloss und schlug mehrmals, mit Schmackes, zu. Damit hatte er, Gott sei Dank, endlich Erfolg. Ein paar feste Schläge mit dem Hammer auf den Schraubenzieher und der Schlüssel flog innen hinaus. Glücklicherweise war das Schloss von unserer Stocherei nicht kaputtgegangen und ließ sich, o Wunder, einigermaßen leicht aufschließen. Aufatmend traten wir in den kühlen Keller, schon wieder verschwitzt von der Anstrengung. „Ich werde nie mehr Angst vor Einbrechern haben," verkündete ich mit Nachdruck und küsste meinen Meistereinbrecher mitten auf den Mund. „Das glaube ich nicht ganz," meinte mein Mann. „Aber wir müssen noch einmal Geld in die Hand nehmen und das Schloss neu machen. So, dass innen ein Schlüssel stecken und man trotzdem von außen aufmachen kann!"

„Genau, das müssen wir, noch einmal möchte ich das nicht erleben," pflichtete ich ihm bei und so kam es, dass ich meine Angst vor

Einbrechern (fast) vollständig verlor. Denn ich hatte es ja nun am eigenen Leib erlebt, wie schwer eine Tür (ohne Gewalt) zu öffnen war.

PS: Inzwischen haben wir ein tolles Schloss in der Haustür. Der Schlüssel kann innen stecken und man kann trotzdem von außen aufschließen. Natürlich nur, wenn man auch einen Ersatzschlüssel dafür hat, haha!

Die Frau vom Land kocht ein

Jede Frau vom Land sollte einkochen können. Wenn im Sommer alles reif ist, müssen aus dem guten Obst, Säfte, Marmeladen oder Gelee eingekocht werden. „Alles Bio," töne ich stolz und fülle Einmachgläser mit gesundem Obst und Flaschen und Gläser mit heißem Saft und Marmelade und Gelee.

Ich, als echte Frau vom Land leide jedoch, wie heutzutage die meisten Frauen unserer Zeit, unter chronischem Zeitmangel. Daher schiebe ich Arbeiten außer der Reihe immer wieder gern hinaus, wie zum Beispiel unter anderem, das Einkochen.

Obwohl ich, meiner Meinung nach keinem impulsiven Sternzeichen angehöre, erledige ich solche ungeliebten Arbeiten meist spontan und ungeplant. Sonst wird es nie etwas, wie ich aus Erfahrung weiß.

So auch diesmal. Als ich im Garten, wie jeden Tag, an den Brombeersträuchern vorbeiging, fiel mir plötzlich auf, dass schon einige Beeren abgefallen waren, andere wiederum vertrocknet, oder gar verfault. *Das geht gar nicht*, dachte ich bei mir. *Ich bin eine gute Hausfrau, da kann ich das Obst doch nicht vergammeln lassen, andere Menschen verhungern und ich verschwende Gottes Gaben!*

Flugs lief ich in den Keller und sah im Schrank nach, ob noch Gelierzucker da war – ja, da waren noch etliche Packungen, erst vor einem dreiviertel Jahr abgelaufen. „Der geht noch," dachte ich großzügig, beschloss, meinem Mann das Haltbarkeitsdatum vorzuenthalten, weil er immer sehr empfindlich in derlei Dingen war und trug die Päckchen entschlossen nach oben, wo ich die Tragetasche mit dem restlichen Zucker im Flur abstellte und umgehend wieder vergaß. Dann marschierte ich mit einer großen Schüssel hinaus und befreite die Brombeersträucher von ihrer Last. Eine Riesenschüssel voll, war meine Ausbeute. Stolz sah ich hinein und stutzte – *nanu, war das eine Minischnecke? Oder eher eine Made? Iiiehhh!* Ich nahm die Beere und warf sie in den Garten.

Da war noch eine dieser Schnaden, wie ich sie getauft hatte - und noch eine und noch eine und noch eine! Nachdem ich ziemlich viele dieser seltsamen Spezies gefunden hatte, ließ meine Motivation merklich nach.

Beim Salat gab man Salz ins Waschwasser, damit die Blattläuse abgingen. Sicher wirkte das auch bei Brombeeren! Ich gab reichlich Salz ins Wasser (der Gelierzucker würde den salzigen Geschmack schon überdecken) und wusch die Brombeeren in einer Schüssel. Prompt schwammen einige der Brombeernascher im Wasser! Ich schüttelte mich vor Ekel. Dann las ich akribisch jede einzelne Brombeere in eine andere Schüssel, bis – ja bis ich wieder eine Schnade entdeckte! Ich fand Gefallen an dem von mir erfundenen Namen, sehr passend, fand ich, weil sie ein Zwischending zwischen Schnecke und Made waren. Dann rief ich meinen Ehemann zu Hilfe.

„Schau mal, schon wieder eine Schnade. Hast du etwas dagegen, wenn ich die Brombeeren wegwerfe?" „Ja, mach," sagte dieser resigniert. Alles war besser, als das verzweifelte Gesicht seiner Frau anzusehen.

„Na gut, dann entsorge ich sie" und ich marschierte zum Komposter, wo ich die eiweißreichen Brombeeren hineinschüttete. So würden sie ihren Nacktschneckenkollegen noch als Nahrung dienen können und noch allerlei anderem Kleingetier.

Derweil verfolgten mich die hilfreichen Tipps und Kommentare meines Mannes bis hinaus. „Warum holst du dir nicht einen Kocher und kochst draußen ein?"

Aber ich hatte leider noch keinen Kocher, weil ich letztes Jahr wieder vergessen hatte einen zu kaufen.

Dann stellte ich den Entsafter auf, jetzt gefüllt mit gefrorenen Trauben. Die mussten ja weg, um Platz für neue zu schaffen. Lächelnd betrachtete ich meinen schönen Entsafter. Man musste nur unten Wasser hineinfüllen, das Obst in den darüber gestellten Seihertopf geben, Zucker darauf und schon kam der Saft aus dem Schlauch fertig heraus und musste nur noch in Flaschen gefüllt werden. Das ganze Jahr über sammle ich fleißig alle möglichen Flaschen und Gläser zu genau diesem Zweck.

Ich holte ein paar kleinere Flaschen mit Twist-off-Deckeln, damit der Saft nicht in zu großen Flaschen schlecht würde, weil wir so gar nicht gerne Saft trinken und spülte sie heiß.

Dann harrte ich der Dinge, die da kamen. Es kochte, wie man hören konnte und nach einer Weile, stand die rote Brühe im Schlauch. Ich öffnete eine Flasche, stellte gleich noch eine bereit, leerte das heiße Wasser heraus das ich hineingefüllt hatte, damit sie nicht platzen sollte und drückte die Klammer auf, damit der Saft hineinfließen konnte. Das war ja blöd. Ich wusste gar nicht mehr, dass man die Klammer die ganze Zeit drücken musste um sie aufzuhalten und das bei meinem Handgelenk, das immer schmerzte!

Also gut, ich drückte, der Saft lief, die Flasche war ruckzuck voll. Ich schloss die Klammer, um den Deckel draufzumachen, der Saft lief weiter, zwar weniger, aber er lief. Auf den neuen Fußboden, auf meine Füße. „Hilfe, Schatz, Hilfe!" Ich brüllte verzweifelt nach meinem Mann, während ich die zweite Flasche unter den Schlauch hielt. Mein Mann stürzte hilfsbereit herbei: „Was ist denn passiert?"

„Ach nix, nur die Klammer geht nicht zu, hilf mir bitte!" Mein Mann sah sich entsetzt um: „Was ist denn hier passiert, so etwas habe ich ja noch nie gesehen! Bei meiner Mutter sah es nie so aus," und schon legte er los, wie einfach und mühelos es früher ausgesehen hatte, als er noch ein liebliches Kind war. Aber jetzt war er erwachsen und ich brauchte ihn. „Tu etwas!" brüllte ich. Er nahm mir die Flasche aus der Hand. „Ist die heiß, soll ich mich verbrühen?" Ich rief: „Mach nur die verdammte Klammer zu, damit es nicht weiterläuft," und nahm ihm die Flasche wieder aus der Hand. Er schloss die

Klammer, es tropfte auf seine Füße, auf den neuen Fußboden. „Aua! Genau deshalb sage ich dir immer, dass du draußen einkochen sollst!" Aha. Ich hielt die nächste Flasche darunter und nach 6 Flaschen lief endlich nichts mehr nach. Geschafft. Wir sahen uns an. Beide rot bespritzt. Ich mit alten Klamotten, da ich aus Erfahrung wusste, dass bei solcherlei Arbeiten mit leichten (oder schwereren) Verschmutzungen zu rechnen war, mein Mann mit seinem neuen T-Shirt, weil er unversehens eingesprungen war. Ich goss den Rest in ein Glas, räumte und spülte und putzte (nicht zu glauben, wo es überall hin gespritzt war) und hörte mir dann noch eine Weile an, wie einfach das Einkochen doch draußen gewesen wäre. Zusammen beschlossen wir dann, einen Kocher zu kaufen und ich hoffe wirklich sehr, dass wir es bis zur nächsten Einkochzeit nicht wieder vergessen haben!

Die Frau vom Land räumt auf

Wie jede gute Hausfrau bin ich bestrebt, einen ordentlichen Haushalt zu führen. Den ganzen Tag bin ich in Action und mache und tue und doch sieht man geheimnisvollerweise kaum etwas davon. Wie das? Koche ich übermäßig? Kümmere ich mich zu viel um meine Haushaltsmitglieder, anstatt die Hausarbeit zu machen? Mache ich es zu vielen Menschen und Tieren recht? (*Schreibe ich zu viel?*) Wo sind meine Prioritäten?

Ich weiß noch, dass ich, als die Kinder klein waren, meine Leitsätze hatte, die ich für richtig hielt. Übrigens heute noch.

Erst kommen die Menschen, dann die Tiere, dann die Pflanzen und dann – erst dann! Der Haushalt.

Da es viele Haushalte gibt, die sehr ordentlich sind, hege ich den stillen Verdacht, dass es eine Menge Menschen und Frauen geben muss, deren Prioritäten in der Hinsicht anders verteilt sind. Wenn ich in solch einen angenehm aufgeräumten Haushalt komme, schießt mir immer durch den Kopf:

So möchte ich das auch haben! Hier kann jederzeit jemand kommen, ohne dass sie/ihn der Schlag trifft. Das wäre doch schön!

Und ich beschließe – jedes Jahr mindestens einmal - jetzt ist Schluss mit der Unordnung! So auch im letzten Jahr.

Ich beschloss, alles was ich nicht brauche, wegzuwerfen. Dann wird es automatisch ordentlicher. Und der Rest wird schön fein säuberlich an einem festen Platz verstaut. Erwartungsvoll sah ich mich um. Wo war denn am besten der feste Platz? In der linken Schublade des Wohnzimmerschrankes? Ach nein, fiel mir ein. Da lagen ja schon die ganzen Bedienungsanleitungen für diverse Elektrogeräte darin. Ich sah kurz hinein und inspizierte sie. Staubsauger, Fernseher, Grill (?), Drucker, Wasserkocher (?), Toaster, alles war da, wild durcheinander. Dazu noch Brillenetuis, mit und ohne Inhalt, Eine Schachtel, in der anscheinend einmal ein Headset gelegen hatte – inzwischen verwaist und noch so einige Dinge, von denen ich nicht einmal mehr wusste, wozu sie gehörten. Nein, beschloss ich, die Schublade schied aus. Die untere Schublade? Ich fand Mundharmonikas, Schokolinsen, die ich unverzüglich aus der Packung in mein Naschglas umfüllte und auf Geschmack testete, Teelichter und noch mehr Bedienungsanleitungen. Ich schloss die

Schublade und wandte mich an das kleine Sideboard. Die oberste Schublade war voller Arztbriefe, dazu eine Betreuungsverfügung, Patientenverfügung, Lebensversicherung, Sterbeversicherung. Ich ließ es dort, es musste ja gefunden werden, wenn etwas passieren sollte. In der nächsten lagen noch mehr Arztbriefe – waren wir so oft krank? So häufig waren wir doch gar nicht beim Arzt gewesen, oder doch?

In der nächsten lagen ein paar Wollknäuel, falls mich die Häkelwut packen sollte und in der untersten Schublade hatte ich die Schokolade vor meinem Mann versteckt, der ja bessere Blutzuckerwerte bekommen und noch lange gesund an meiner Seite leben sollte.

Mein Dilemma war, dass es so viele feste Plätze gab, die aber insgesamt doch beweglich waren. Am besten fand ich die Sachen, wenn ich sie gut sichtbar irgendwo hinlegte. Ein Dorn im Auge meines ordentlichen Mannes. Waren sie dann von mir an einen „festen" Ort geräumt, fand ich sie regelmäßig nicht mehr wieder. Ich sah sie buchstäblich da liegen, wo sie vorher gelegen hatten und fand sie erst nach langem Suchen, oder durch Zufall wieder. Ich könnte es ja aufschreiben, wo ich sie hin packe? Ja, das könnte ich, aber dann würde ich wahrscheinlich den Zettel nicht mehr finden, es sei denn, er sei so groß, dass ich ihn in die Innenseite des Putzschrankes hängen kann. Am besten so groß wie die Schranktür!

Übrigens habe ich dann doch nicht herausgefunden, was ich hätte wegwerfen können, lach!

Die Frau vom Land macht Ferien

Als echte Frau vom Land, mit zahlreichen Verpflichtungen Mensch und Tier gegenüber, muss ich vor dem Start in den Urlaub vieles organisieren – und ich brauche jemanden, möglichst liebevoll, für die Zuhausebleibenmüsser in meinem Haushalt.

Manche Frauen haben halbwüchsige Kinder, andere Eltern und Tiere haben sie meist auch noch. Ich zum Beispiel kümmere mich um meine Mutter, eine Schildkröte, zwei alte Kater und einen betagten Hund. Alle sind liebesbedürftig und ansonsten pflegeleicht. Außerdem habe ich noch einen Mann, der einen Wohnwagen sein Eigen nennt und ihn daher auch gerne ab und zu bewegen möchte. Im letzten Mai sollte es eine kurze Reise sein –

ins Fichtelgebirge, wo es schön bergauf und bergab geht. Ein Thermalbad ist auch in der Nähe, ein See zum Abkühlen, sollte es warm sein und jede Menge Sehenswürdigkeiten. Außerdem hat es den großen Vorteil, dass man den Wohnwagen dort abstellen und ruckzuck auf die A9 rutschen und nach Berlin brettern kann. Denn ab und zu möchte mein Mann seine alte Heimat wiedersehen und riechen. Die Berliner Luft ist schließlich weltbekannt und immer nur gesunder Sauerstoff muss ja nicht sein.

Wie immer kamen unvorhergesehene Termine und Verpflichtungen in der letzten Woche vor dem Urlaub und wir, als ländliches Ehepaar, hatten unsere liebe Not, wenigstens die Wichtigsten zu erfüllen und gleichzeitig den Wohnwagen mit allem (Lebens)-Notwendigen zu bestücken. Drei Tage vor der Abfahrt, fing mein Auto an zu streiken. Auf dem Heimweg von der, an diesem Tag ebenfalls ungeplanten Arbeit, da ich einspringen musste. Zum Glück verweigerte es seinen Dienst nicht, als ich mit einer Patientin unterwegs war, sonst wäre ich mit ihr irgendwo festgehangen in der Pampas.

Mein lieber Ehemann musste seine eigenen Verpflichtungen absagen und das Auto in die Werkstatt bringen. Zu unserer großen Freude konnte es vor dem Urlaub wieder abgeholt werden und nach einiger Aufregung, weil es ab und zu komische Geräusche machte und immer mal ein anderes Lichtchen an der Anzeige leuchtete, wurde es an die liebevolle Haus- Hof– Mensch- und Tiersitterin übergeben, die bereits zwei Tage vor der Abfahrt angereist war.

Nach dem Befüllen des Wohnwagenwassertanks, tropfte es plötzlich aus allen möglichen Stellen aus dem Wohnwagen auf den Hof und mein Angetrauter fand nach intensiver Suche den Fehler – der Boiler war nicht entleert worden vor dem Winter und so war er aufgefroren und defekt. Naja. Im alten Wohnwagen war keiner gewesen und so hatten wir im neuen Wagen vergessen, ihn im Winter zu entleeren, toll!

Eigentlich hatte mein Liebster wiederum noch einen Termin, musste ihn aber nun ebenso absagen und da er ein findiges Kerlchen ist, fiel ihm eine Lösung ein. Er fuhr zum Baumarkt, holte dort einen Schlauchverbinder und kappte daheim den Warmwasserschlauch zum Boiler. Dann verband er die Kaltwasserschläuche, ohne sie durch den Boiler zu leiten, bastelte also einen Umgehungskreislauf - gerettet! Das hört sich alles so einfach an, aber um an den Boiler und die Schlauchverbindungen zu gelangen, musste das rechte Bett (unter der Bettdecke schon bepackt mit lauter zerbrechlichen Dingen, wie z.B. dem Laptop oder dem Fernseher) ausgebaut werden.

Nach der Wiedersehensfeier mit der Haus- und Hof- usw. - Hüterin und sonstigen Vorbereitungen, wie Spickzettel für deren mannigfache Aufgaben, Einkaufen usw. ging es am Sonntag endlich los.

Im vergangenen Jahr hatten wir viel zu viel mitgenommen und uns vorgenommen, dieses Mal den Inhalt des Wohnwagens abzuspecken und ihn - wie es zurzeit in Mode ist – zu optimieren. Nun ja, ich hatte mir Mühe gegeben und den Inhalt des Wohnwagens stark reduziert! Die Schränke waren nicht so voll wie sonst und warum sollten wir so viel mitnehmen, hatten wir doch von Mittwoch bis Samstag ein Zimmer in einem Berliner Hotel gebucht und mussten natürlich dort auch essen, Also war der Kühlschrank zwar voll, aber eben auch mit nichtlebensnotwendigen

Mitteln, wie z.B. Bier bestückt, was mein Mann ganz anders sieht. Zufrieden sah ich mich um, in der Überzeugung, alles so gut wie möglich vorbereitet zu haben. Essen sah gut aus, Kleidung, die er mitnehmen wollte, hatte mein Mann mir zurechtgelegt. Ich musste nur noch meine Kleider dazutun und so konnte endlich die Reise losgehen. Bis in die letzte Minute rasten wir dann noch herum und füllten den Wohnwagen mit anscheinend doch noch dringend benötigten Dingen. Dabei fand ich, wie immer, etwas nicht das ich extra zurechtgelegt hatte und nahm dafür etwas anderes als Ersatz mit, um dann am Campingplatz das vorher nicht gefundene doch noch zu entdecken.

Mit Tränen in den Augen ging es los und die Daheimgebliebenen wurden im Rückspiegel immer kleiner. Resolut wurde geschnieft und die Nase geputzt, dann musste ich mich auf das Navi konzentrieren und die Adresse eingeben. Schließlich hatten wir ein eingebautes Teil, das auch benutzt werden wollte und musste. Nach stressiger Fahrt - Unschlüssigkeit welcher Weg der Beste sei und dann doch - wie immer, auf der A3 in zähfließendem Verkehr zu landen und nach 4 Stunden, total kaputt, endlich am Campingplatz im schönen Fichtelgebirge anzukommen. Wir machten gleich alles bereit und testeten die neue Sackmarkise, die mein Schatz zuhause bereits am Wohnwagen befestigt hatte. Dabei stellte er fest, dass die bereits einmal umgetauschte Spannstange, wiederum falsch geliefert worden war.

Zum Glück hielt die Markise auch ohne sie. Die Antenne ließ sich nach anfänglichen Schwierigkeiten auch justieren und so konnte der erste Abend seinen Lauf nehmen und die von daheim mitgebrachte, selbstgemachte

Pizza, schmeckte, im Backofen aufgewärmt, wunderbar.

Am nächsten Abend verzehrte mein Mann Forellenfilets und da wir nach einer Runde um den See, total kaputt waren, befestigte ich den Abfall draußen am Wohnwagen in luftiger Höhe. Leider konnte das anscheinend Füchse nicht abhalten und so kroch ich am nächsten Morgen auf der Wiese herum und las die herumfliegenden Abfallteile zusammen. Ein Wunder, niemand hatte etwas gesagt, oder einen besserwisserischen Blick herübergeworfen. Die Leute hier auf dem Campingplatz waren sehr tolerant.

Berlin – wir kommen!

Berlin ist eine Reise wert, tust reisen du ganz unbeschwert.

Am Mittwoch ging es los, die Hauptstadt rief und mit Proviant ausgerüstet, starteten wir entspannt zur Autobahn. Inzwischen hatten wir uns so gut eingelebt hier, dass wir gar keine besondere Lust mehr dazu hatten, doch das Zimmer war bezahlt und so dicke hat eine Frau vom Land das Geld nicht sitzen, dass sie es zum Fenster hinauswerfen könnte. Außerdem wollte ihr der Ehemann noch einige Jugendstätten zeigen, wo er früher so einiges angestellt hatte.

Das Quartier war diesmal schnell wiedergefunden, da wir es schon einmal dort bezogen hatten und nach kurzer Einrichtung konnte es losgehen. Auf nach Wedding, wo es schön und grün ist! Das Elternhaus meines Mannes wurde begutachtet und für gut gepflegt befunden, also schätzten es die jetzigen Besitzer, was uns beruhigte und so konnten wir in Ruhe zurück ins Hotel fahren und uns Nahrung suchen, die ja bekanntlich Leib und Seele zusammenhält.

Die Nacht war übel. Das Kreuz tat uns weh, schlafen war nicht lange am Stück möglich, aber das Frühstück am nächsten Tag, versöhnte uns wieder mit der Welt. Wir hatten uns den Rehbergepark vorgenommen, das Revier meines Mannes in seiner Kinderzeit. Da ich unbedingt die Saubucht sehen wollte, wo die Wildschweine gehalten werden, verließen wir den Weg und da inzwischen doch einiges ein kleines bisschen anders ist, verliefen wir uns ein wenig. Nicht schlimm, wenn man gut zu Fuß ist, aber fatal bei Fuß- Hüft- und Knieproblemen – denn dort war es leider an vielen Stellen sehr uneben. Also kämpften wir, von Arthrose geplagten, uns an den Tennisplätzen vorbei, dem Rehbergestadion, bis wir schließlich (endlich!) an das Freiluftkino gelangten und in eine kleine Gastwirtschaft, gleich gegenüber, torkelten. Sicher hatten wir inzwischen unser Frühstück verdaut und daher genehmigten wir uns zur Stärkung ein leckeres Mittagessen und dazu wollte ich unbedingt eine Berliner Weiße trinken. Naja, so richtig lecker war die nicht, eher etwas sauer, aber das macht ja bekanntlich lustig. Als wir kurz vor dem Ausgang noch Gespinstraupen an einem Busch entdeckten, mussten wir sie unbedingt fotografieren. Schließlich gab es die bei uns auch zuhauf, aber jetzt hatten wir sie vor der Nase, sozusagen griffbereit und konnten es daher nicht lassen. Außerdem hatten wir ja Urlaub und Zeit dafür, iieh!

Mein Schatz packte seine tolle Kamera aus und während er noch mit Einstellen und Fotografieren beschäftigt war, hatte ich das mit meinem Handy ruckzuck erledigt und dachte mir ein Lied zu einem blödsinnigen Gedicht aus, nahm mich beim Singen auf und alles das, ohne dass er es bemerkte. Es war eine gute Gelegenheit das neue Objektiv auszuprobieren und die Bilder waren wirklich klasse geworden. Nun hatten wir Lust, Dampfer zu fahren. Wir lösten U-Bahnkarten und fuhren zur Greenwichpromenade in Tegel-Ort, zu den Dampferanlegestellen. Dort führten wir uns umgehend ein dickes, wohlschmeckendes Eis zu Gemüte, das wir kaum mit unserer Kleidung in Berührung brachten, um dann gesättigt die Havelqueen zu besteigen, einen Schaufelraddampfer der Superlative. War das schön! Der See so groß, dass man das gegenüberliegende Ufer nicht sah - die vielen Schwäne, Gänse, Enten,

Blässhühner – viele davon mit Jungen. Die Ufer, bewacht von Reihern, auf der Suche nach Beute und dazu konnte man Kaffee trinken und Kuchen essen. Ich war erstaunt, dass man in einer so großen Stadt ein derart riesiges Gewässer finden konnte. Wir liefen auf dem Schiff herum und bewunderten die Schaufelräder, die den Dampfer antrieben. Wie im wilden Westen! Dann suchten wir uns auf dem mittleren Deck, ganz oben, einen schönen Platz. Interessiert sahen wir uns um und genossen das Geräusch der wasserhebenden Schaufelräder – herrlich!

Irgendwann lief eine junge Frau herum und brachte Kaffee und Kuchen, oder Wein, je nach Geschmack. Wir bestellten uns Kaffee und mein Schatz noch einen Kuchen für mich. Seine Käsesahnetorte hatten sie leider nicht, also verzichtete er lieber. Der Kuchen mit den Kaffeetassen kam und wir tranken das schwarze Gebräu, das Tote aufwecken konnte, wie meine Oma gesagt hätte. Der Kuchen war so reichhaltig, dass ich meine liebe Not hatte, ihn hinunterzubringen.

Wir genossen die Fahrt und die tolle Aussicht auf Tegel, die Pfaueninsel und das liebliche Ufer. Dann fuhren wir ein Stück weit in die Havel hinein, wo wir bald darauf umkehrten. Rechts und links sahen wir Campingplätze und Häuser direkt am Wasser, ein Traum für meinen Mann, der das Wasser liebt.

Dann gingen wir langsam hinunter, wo wir die Schaufelräder ausgiebig fotografierten, wie sie pflichtbewusst ihrer Arbeit nachkamen und das Wasser kraftvoll und laut hochbeförderten. Bei einem Gespräch mit dem Kapitän stellte mein Mann fest, dass beide gebürtige Weddinger waren und sie tauschten Anekdoten und Wissenswertes aus, bis wir das Schiff verließen. An diesem Abend waren wir hundemüde und schliefen ein kleines bisschen besser. Wir stellten fest, dass unsere Wohnwagenbetten für uns bereits ein Stück Heimat geworden waren und dass wir darin viel besser schlafen konnten.

Ausflug nach Spandau –

die Zitadelle
oder- wie man ohne Fahrschein Bus fährt

Am nächsten Tag wollten wir eine gemeinsame Freundin treffen, gebürtige und dort noch immer lebende Spandauerin.

Wir beschlossen mit dem Bus zu fahren, da dieser unweit unseres Hotels eine Haltestelle anfuhr. Frohgemut marschierten wir an der Justizvollzugsanstalt vorbei und stiegen in den bald ankommenden Bus ein. Wir ließen unsere Augen darin umhergleiten und stellten wohlgefällig lächelnd fest, dass er schön leer war. „Da haben wir uns anscheinend einen guten Tag für unsere Spandaufahrt ausgesucht," meinte mein Mann freudig.

47

Zufrieden liefen wir durch die Spandauer Altstadt, die auf mich sehr gemütlich wirkte und alles hatte, was für einen Einkaufsbummel nötig war – einschließlich toller Cafes. Eines davon suchten wir auch auf, zusammen mit unserer Freundin, die sich sehr freute uns zu sehen.

Leider waren wir von unserem Hotelfrühstück noch derart abgefüllt, so dass wir nur einen Kaffee hinunterbrachten obwohl die Speisekarte sehr verlockend aussah. Wir bummelten ein wenig herum, kauften ein paar Dinge und dann meinte Chrissy, wir könnten ja noch die Zitadelle aufsuchen - es lohne sich auf jeden Fall! Mein Angetrauter hatte diese als Kind im Unterricht bereits besucht, aber - geschädigt durch das Wissen, hinterher einen Aufsatz darüber schreiben zu müssen - damals wenig Lust und Interesse gehabt. Umso mehr hatte er nun. Wir betrachteten die Zitadelle ausgiebig, wobei wir mit mehreren Hochzeitsgesellschaften kollidierten, die freigiebig mit Luftballons und Streuherzen um sich schmissen. Ruckzuck hatte ich meinen knapp bemessenen Speicherplatz im Handy vollgeknipst und hätte noch viele weitere, knipsenswerte Motive gefunden.

Auf dem imposanten Turm konnten wir ganz Berlin überblicken und Chrissy und mein Schatz zeigten mir alles Sehenswerte, doch mein ländliches Gemüt konnte leider nicht alles aufnehmen und behalten. Ein Zeppelin zog über uns hinweg und mein Mann bannte ihn auf seinen Fotoapparat. Dann mussten wir uns bald darauf verabschieden und zum Bus laufen.

Und da standen wir. Und standen und standen. Die angegebene Uhrzeit des nächsten Busses verging – nichts. Der wiederum nächste hätte kommen sollen – nichts. Wieder eine Abfahrtszeit – wieder nichts. Tja.

Nach eineinhalb Stunden erschien ein Bus. Der Busfahrer winkte uns zum hinteren Einstieg und wir stiegen ein. Vielmehr, wir quetschten uns hinein. Die Leute standen wie in einer Konservenbüchse. Wir wollten zum Fahrer vordringen, um bezahlen zu können - keine Chance. Wir fuhren zum ersten Mal im Leben schwarz – ohne Fahrschein!

Zum Glück war kein Kontrolleur da. Dann wäre der Busfahrer wahrscheinlich durchgedreht. Er war total überlastet und am Limit. Viel hätte nicht gefehlt und er hätte angehalten, wäre ausgestiegen und hätte den Bus stehen gelassen. Die Mitfahrer hatten leider kein Verständnis für seine Nöte und murrten laut. Mir wurde ganz mulmig und ich bemitleidete den überlasteten Fahrer sehr. Immer wieder stiegen Leute ein. Mütter mit Kinderwagen und kleinen Kindern noch an der Seite. Ein armer Hund, der wie ein begossener Pudel in der Ecke stand und sich so klein wie möglich machte. Schulkinder mit Schulranzen, alte Leute, alles war dabei. Der Busfahrer hielt an unserer Haltestelle und ließ alle hinaus. Er konnte nicht mehr bis zu Endstation fahren, er war feddisch.

Das war unser erster und einziger Berlinbusausflug. Nicht zu empfehlen zur Nachmittagszeit und ausgerechnet am Freitag.

Kulinarische Höhepunkte

An dieser Stelle kann ich es nicht lassen, noch einige Bemerkungen über unsere Berliner Feinschmeckerallüren fallenzulassen.

Unser Frühstücksbuffet im Hotel, war immer sehr sättigend. Mein Schatz aß Eier, Brötchen, Wurst und Käse, ich aß Müsli, Obst, Brötchen, Butter und Marmelade.

So geschah es eines Morgens, dass ich eine besonders appetitliche, reife Nektarine erblickte, die ich unverzüglich in mein Schüsselchen tat, um sie am Tisch zu sezieren und in mein Müsli zu mischen.

Sie war innen ansprechend weich, jedoch nicht zu sehr, also müsligerecht gestaltet. Ich schnitt sie entzwei und der Kern zerbrach in zwei

Teile. Ich traute meinen Augen nicht - da lag eine dicke, lebendige Madenraupe mitten in meinem bisher appetitlichen Müsli! Ich schüttelte mich. Als einge**fleisch**te (hihi man beachte das schöne Wort) Vegetarierin war ich dem Verzehr von Tieren äußerst abgeneigt und führte mir mein Eiweiß hauptsächlich in pflanzlicher Form zu. Ich deutete meinem Mann behutsam das Malheur an, dem sofort schier die Augen aus dem Kopf fielen. Um seine bevorstehende Explosion abzuwenden, packte ich den Löffel und das unglückliche Geschöpf und beförderte es vorsichtig in den Biomüll, den man in bereitstehende Tischgefäße entsorgte. Mehr konnte ich für das eiweißreiche Tier leider nicht tun.

Mein Mann platzte heraus: „Und das willst du jetzt essen?" Ich nickte betreten und führte mir behutsam, unter sorgfältiger Musterung, Löffel um Löffel zu Gemüte.

Dabei dachte ich darüber nach, welch Wunder es ist, dass es Geschöpfe gibt, die unter sehr widrigen Bedingungen überleben können, wie zum Beispiel im Inneren eines Nektarinenkernes. Ganz sicher würde die findige Natur uns verweichlichte Menschen überleben.

Als echter Berliner, liebt mein Schatz Currywurst. In Berlin soll es die besten Currywürste geben, oder es gab sie zumindest in seiner Jugend, denn trotz eifrigen Suchens seinerseits, fanden wir nicht die ultimative Wurst. Er testete an diversen Imbissen, wo die Leute anstanden: *„Nur da wo sie anstehen, ist sie wirklich frisch,"* ohne die „richtige" Wurst zu finden. Welch ein Ärger. Der Blutzuckerspiegel erhöhte sich durch das viele Ketchup, ohne die gewünschte Geschmacksexplosion, die er sich vorgestellt hatte. Tja, auch in Berlin sterben

Imbissbesitzer anscheinend, oder besitzen die Frechheit, umzuziehen.

Als wir wieder einmal auf Currywurst-Testexkursion waren, entdeckte ich für mich Pellkartoffeln mit Quark. Da ich dachte, dabei könne man nichts falsch machen, entschied ich mich dafür. Das war leider ein fataler Irrtum. Man kann sehr wohl viel falsch machen dabei, zum Beispiel, massenhaft grobe Zwiebelstücke hineinschneiden. Ich lutschte den Quark, wobei ich mehr als eine Handvoll Zwiebeln heraussammelte und aß die Kartoffeln. Zumindest war ich satt. Leider hatte mein Mann auch diesmal keinen Erfolg und die Lust auf Currywurst war ihm inzwischen auch vergangen.

An unserem letzten Abend aßen wir deshalb zufrieden beim Kroaten schräg gegenüber dem Hotel und schliefen danach gesättigt die ganze Nacht hindurch.

Da Berlin weltbekannt ist, also auch bei uns und komischerweise jeder schon da war, ernte ich immer viele Fragen.

„Seid ihr auch am Ku´damm gewesen? Und im KaDeWe? Im Tiergarten?"

All diese Fragen verneine ich regelmäßig, denn wir sind ja keine Touristen, wir sind – ja was sind wir eigentlich? Wir sind nostalgische Besucher der Wirkstätten meines Mannes, oder wie soll man das nennen? Insider trifft es noch am besten. Ich jedenfalls bin ein Mitläufer und liebe es, die Stätten der Kindheit meines Mannes zu sehen und seinen Erzählungen zu lauschen, über die Dinge, die er so angestellt hat. Manche sind vollkommen anders als meine und daher besonders interessant für mich und auf die ganzen Touristenmagnete habe ich eh keine Lust – und außerdem habe ich sie bereits mit meiner Altenpflegeklasse auf Abschlussfahrt gesehen!

Fichtelgebirge zum Zweiten:
- Abreise mit Hindernissen

In den ersten zwei Septemberwochen wollten wir noch einmal in den Urlaub fahren, wieder ins schöne Fichtelgebirge. Nicht so weit weg und das tolle Thermalbad um die Ecke, das wollten wir regelmäßig nutzen und den Spielplatz für Erwachsene. Da konnte man sämtliche Körperteile auf verschiedenen Sportgeräten trainieren und das sogar umsonst und draußen!

Diesmal war mein Auto in Ordnung, da es im Sommer insgesamt dreimal in der Werkstatt gewesen war. Dafür traten am Auto meines Mannes merkwürdige Geräusche und Geruckel auf. Wir waren gerade dabei, unsere Haus- Hof- und Tiersitterin am Bahnhof abzuholen, als wir bei der Heimfahrt bemerkten, dass mit dem Auto etwas nicht stimmte.

„Genau wie bei meinem," äußerte ich besorgt. „Ich meine auch," befand mein Schatz, sich nicht minder sorgend. „Die Radlager? Klingt jedenfalls so!"

Ich sah den Urlaub am Horizont verschwinden. Es war zwar jedes Mal eine Heidenaufregung und ein Riesenaufwand für mich, aber nun wollte ich auch fahren, wo ich schon so viel Vorarbeit geleistet hatte. Mein Mann natürlich auch. Ich saß mit meiner hoffentlich baldigst sittenden Freundin auf der Terrasse und mein Mann verschwand mit seinem Auto. Samstagnachmittag, der beste Zeitpunkt für ein Auto, Sperenzien zu machen.

Nach längerer Zeit erschien er wieder – er hatte den Fehler entdeckt. Es waren die Radmuttern – sie waren nicht richtig angezogen gewesen. Sie schlackerten sozusagen richtiggehend und das war das komische Geräusch gewesen. Nach kurzer Aufregung – das darf doch nicht sein, da wurde geschlampt, usw., beruhigte sich mein Gatte und die Freude auf den Urlaub gewann die Oberhand.

Am nächsten Tag, nach kurzer Nacht, denn wie immer konnte ich kaum schlafen vor Aufregung, ging es los. Wieder Landstraße bis Wertheim und dort auf die A3, wo wiederum sehr zäh der Verkehr floss und wir irgendwann, Gott sei Dank, auf die B 19 und die A 70 ausweichen konnten. Nach viereinhalb Stunden kamen wir glücklich am Weißenstädter See an, erledigten die nötigen Arbeiten, wie zum Beispiel - Wagen richtig hinstellen und ausbalancieren. Danach schlossen wir den Strom an, wobei ich das Kabel über einen Wasserlauf und ein darüber führendes Brücklein zog und im Stromkasten in die Steckdose einsteckte. Dann bauten wir mit letzten Kräften die Markise auf und waren danach fix und alle. Am ersten Abend gab es, wie immer, mitgebrachte Reste. Nach einer halben Runde um den See fielen wir erschöpft in unsere Wohnwagen-Betten.

Spielen für Kinder und Große

Das ist das Schöne am Weißenstädter See — der Spielplatz für Erwachsene.

Durch Zufall entdeckten wir bei unserem Rundgang um den See, einige silbern blitzende Sportgeräte. Neugierig beäugten wir die Geräte, lasen die Beschreibung auf den nebenstehenden Tafeln und begannen gleich mit den umfangreichen Tests.

Das eine Gerät ist vergleichbar mit einem Rudergerät. Ausgiebig zogen wir die Handgriffe zu uns und drückten die Füße dagegen — angenehm, fanden wir beide und gingen zum nächsten über, das sogar ein Partnergerät für uns beide war. Man stand sich gegenüber und schob die Beine auf Schienen, vor und zurück, gleichzeitig hatte man Griffe, die man vor- und zurückzog und das alles mit Schmackes natürlich. Es gab uns ein zufriedenstellendes Gefühl - so, als ob wir etwas für unsere Gesundheit getan hätten, durch unser anstrengendes Training, das wir immerhin jeden Abend bei unserem Spaziergang um den See absolvierten, mit immerhin vier effektiven Sportgeräten.

Pizza essen für Abenteurer

Damit ich auch etwas vom Urlaub haben sollte, wollten wir ab und zu Pizza essen gehen.

Als wir alle verderblichen, mitgebrachten Lebensmittel verzehrt hatten, war es endlich so weit - wir gingen Pizza essen! Im Ort war uns eine ansprechende Pizzeria aufgefallen und so stiegen wir in unser Auto und begaben uns direkt dorthin. Als wir eintrafen, wurden wir jedoch umgehend wieder hinauskomplimentiert - sämtliche Tische waren reserviert. Unsere Laune sank, da wir einen Riesenhunger hatten und uns sehr auf die leckere Pizza gefreut hatten.

Wir schimpften ein wenig, dann lotste ich meinen Mann in eine Nebenstraße, wo sich, laut Schild eine weitere Pizzeria befinden sollte. Wir fanden einen sehr schönen Parkplatz, weil dort keinerlei Autos standen und stiegen in stiller Vorahnung aus.

„Geschlossen!" stieß ich empört hervor. „Hab ich mir gleich gedacht," antwortete mein Schatz griesgrämig. Wir stiegen wieder ein und wendeten unser Gefährt. „Hier gibt es keine Pizzeria mehr," vermeldete mein enttäuschter Gatte. „Ich will aber heute nicht kochen," gab ich enttäuscht zurück. „Ich hab mich so auf ein Essen gefreut, für das ich nichts tun muss!" „Ja, mein Schatz," antwortete er. „Du sollst deine Pizza bekommen!"

Damit startete unsere Odyssee. Ich gab Pizzeria in mein Handy ein und die Postleitzahl und schon ploppten viele Pizzerien auf. „Siehst du, es gibt noch viele hier," sagte ich befriedigt zu meinem Mann, der zustimmend nickte. Das erste Lokal sah ansprechend aus. Ich ging zur Tür, auf dem ein weißes Blatt prangte.

Ahnungsvoll davor tretend las ich, dass es wegen Umbaumaßnahmen vorübergehend geschlossen sei. „Mist!" Ich schimpfte laut vor mich hin und mein Mann stöhnte genervt, als ich wieder einstieg und: „Nichts!" hervorstieß.

„Also weiter," brummte er resigniert. Nach zwei weiteren Fehlschlägen und in den Kniekehlen hängenden Mägen, waren wir kurz davor aufzugeben, als ich die letzte Adresse eingab. „Also gut, das ist jetzt der letzte Versuch," kündete mein Mann an und ich nickte traurig.

Das Navi lotste uns über Feldweg, Radwege und Äcker. Einmal konnten wir einem entgegenkommenden Auto kaum ausweichen. Dann erreichten wir eine Wohngegend, in der wir keine Pizzeria vermutet hätten, aber – mein Gott – da war sie!

Eine kleine, aber feine Pizzeria mit den leckersten Pizzen, Nudeln und Soßen, die man sich nur vorstellen konnte! Wir schlemmten, was das Zeug hielt und bezahlten unsere Zeche, erstaunt ob des niedrigen Preises.

Diese Pizzeria wurde unsere Stammpizzeria und beim nächsten und übernächsten Mal stellten wir fest, dass es einen weitaus einfacheren Weg dorthin gab und die Pizzeria gar nicht so weit weg war.

Heimreise für Nervenstarke

Unsere Heimreise stand unter keinem guten Stern. Wie immer artet unser bevorstehender Aufbruch in fieberhafte Aktivität aus. Da muss der Aufenthalt bezahlt werden, die Markise abgebaut und die Möbel wieder gut verstaut. Vieles kann erst ganz zum Schluss weggeräumt werden, weil es noch bis zuletzt gebraucht wird. Als allerletztes wird der Wohnwagen vom Strom getrennt. Dabei gab es leider ein kleines Problem! In der Woche zuvor hatte es lange und ausdauernd geregnet, was dazu führte, dass ein Brückelchen, das über ein Bächlein führte beim Überqueren zusammenbrach. Mein Mann meldete es dem Besitzer, der umgehend dafür sorgte, dass ein Arbeiter eine feste Platte darüber schraubte. Als ich nun das Kabel aus dem Stromkasten zog und wieder aufrollen wollte, sah ich, dass der Arbeiter die Platte über unserem Kabel festgeschraubt hatte! Nun war guter Rat teuer. Der Besitzer war nicht erreichbar und unser Akkuschrauber hatte nicht die passenden Bits. Wir waren verzweifelt! Doch wir hatten nicht mit der Hilfsbereitschaft unseres Campingnachbarn gerechnet, der an diesem Tag erst angereist war. Er hatte einen passenden Bit und schraubte die Platte umgehend ab und nach Entfernen unseres Kabels, auch gleich wieder dran.

Nun hätten wir eigentlich losfahren können, wenn – ja wenn, wir einen Autoschlüssel gehabt hätten. Das Auto war abgeschlossen und der Schlüssel weg! „Mach doch mal das Auto auf," bat ich meinen Mann. „Würde ich ja gern, wenn ich einen Schlüssel hätte!" „Der hängt doch immer am Haken," rief ich meinem Mann besserwisserisch zu, doch da hatte er längst schon geschaut. Der Schlüssel war weg und der Ersatzschlüssel lag im Handschuhfach im abgeschlossenen Auto, toll! Mir kam der Verdacht, dass ich es wieder gewesen sein könnte. Aber ich war mir keiner Schuld bewusst. Ich war sehr vorsichtig gewesen und hatte den Schlüssel immer sehr gewissenhaft an den Haken gehängt. Nachdem wir kurz vor dem Zusammenbruch waren, gab es nur noch eine Möglichkeit. An dem Haken, an den wir die Autoschlüssel hängten, hing auch immer der Müllbeutel. Die letzte Möglichkeit war also, dass der Schlüssel in den darunter hängenden Beutel gefallen sein könnte und mit dem Müll bereits von uns weggebracht worden war. Und so war es dann auch. Zum Glück. Fix und fertig und viel später als geplant, fuhren wir los – der Körper voller Adrenalin von all der Aufregung, nur um kurz darauf festzustellen, dass die Durchfahrt durch Weißenstadt gesperrt war, wegen eines Festes. Wir mussten eine Riesenumleitung fahren, die uns eine weitere Stunde zurückwarf. Zeitweise wussten wir nicht einmal mehr, wo wir genau waren und ich war immer wieder den Tränen nahe. Dass wir von unseren Daheimgeblieben per Kurznachricht gefragt wurden, ob wir denn schon wüssten, wann wir ungefähr heimkommen würden, machte unser seelisches Befinden nicht gerade besser.

Irgendwann hat jedoch jeder Alptraum ein Ende und wir fanden heil und glücklich nachhause, wo wir schon sehnlichst erwartet wurden.

Feste feiern – oder feste feiern?

1. Weihnachten mit der Frau vom Land

Irgendwann hatte es sich so eingebürgert, dass wir Weihnachten bei uns feierten. Meine Mutter war dem Trubel nicht mehr gewachsen und so verlagerte sich alles nach hinten, zu uns. Meine vier Kinder hatten sich um fünf weitere Kinder und vier Partner vermehrt, dazu mein Bruder mit Frau und ein, zwei erwachsenen Kindern, meine Mutter und wir. Eine Menge Leute, die unsere beiden Zimmer da fassen mussten. Im Winter ist es bekanntermaßen schlecht mit draußen feiern. Also schleifen wir immer sämtliche Stühle herbei, dazu den Terrassentisch, den wir an unseren Esstisch schieben. Dazu decken wir noch den Couchtisch und fertig ist der Lack.

Das Katzenklo zieht so lange auf die Terrasse um und hinter dem Sofa wird nach gründlichem Putzen, die Spielecke installiert. Die Enkel spielen mit der uralten Kugelbahn, mit der schon meine Kinder gern gespielt haben und die zahlreichen Kugeln findet man noch wochenlang zum Beweis ihrer weihnachtlichen Anwesenheit im Wohnzimmer in sämtlichen Ecken und unter der Couch.

Ich weiß nicht woran es liegt, aber es bereitet mir ein, für andere Menschen völlig unverständliches Vergnügen, für alle Gäste etwas zu basteln. Gekaufte Geschenke bekommen nur die Enkel und da ich das Bedürfnis habe, jedem etwas zu schenken und wir aber ausgemacht haben, genau dies nicht zu tun, bin ich gezwungen meinem (geringen) Basteltalent freie Bahn zu lassen.

Vorletztes Jahr zum Beispiel, häkelte ich für alle Gäste Eierwärmer, in Form von Nikolausmützen. Die kamen gut an, hatte ich den Eindruck. An einem Jahr ließ ich ein kleines Heftchen mit lustigen Geschichten drucken, da kam keine Rückmeldung.

Dieses Mal wollte ich etwas besonders Nützliches kreieren. Ich wollte Haarseife herstellen, umweltfreundlich, weil ohne Plastik. Nach längerer Information fand ich heraus, dass ich das Seifensieden lieber lassen sollte. Man konnte dabei verunfallen, indem man sich verätzte zum Beispiel und bei meiner latent vorhandenen Unfallneigung nicht zu empfehlen. Ich wählte also die idiotensichere Variante bei der man die pflanzliche (gekaufte) Kernseife reibt und dann in heißem Wasser auflöst und mit ein paar Tropfen ätherisches Öl verfeinert.

Wer schon einmal Kernseife gerieben hat, weiß, wie schwer sie sich reibt. Da meine Knöchel schnell blutig gerieben (bekannte latente Unfallneigung) waren, nahm ich meine Küchenmaschine zu Hilfe. Ich rieb die Seife, bis die Maschine nur noch ächzte. Seitdem habe ich sie nicht mehr benutzt, habe aber den Verdacht, dass sie auch nicht mehr zu benutzen ist.

Ich füllte die Seifenmasse in Förmchen, um sie ein paar Wochen reifen zu lassen, wie es hieß. Kurz vor Weihnachten drückte ich sie aus den Förmchen, in denen sie vor sich hin trockneten und wagte den Test mit meinen eigenen Haaren. Ich wusch sie sorgsam damit. Es wollte erst nicht schäumen, doch nach einigen Nachschäumversuchen klappte es dann doch. Das einzige Manko war, dass sich die Seife nicht richtig auswaschen ließ. Ich spülte und spülte und gab schließlich auf. Aussehen und riechen taten die Haare nicht schlecht, aber es ließ sich nicht leugnen – sie waren anders als sonst. Schwerer irgendwie und bei jedem Kämmen hingen Seifenreste im Kamm. Mein Mann teilte mir ungefragt mit, dass sie sich anfassten wie das Fell unseres Hundes und ich sah ihn schweigend an, diesen meinen Mann, der der Takt in Person ist.

Ich riet meinen Beschenkten also, die Seife für den Körper und vorsichtshalber nicht für die Haare zu benutzen, was sie sicherlich auch nicht wagten, denke ich. Und so wurde auch dieses Weihnachten wieder unvergesslich für uns alle. Anstrengend, aber wunderschön.

2. Die Frau vom Land im Fasching

Normalerweise wohnt die Frau vom Land in einem Faschingsgebiet – das heißt – in der fünften Jahreszeit geht der Punk ab! Bei mir ist das genauso. Wenn es los geht, mit Sitzungen, Bällen und Faschingsmaßnahmen, wie z.B. die Übernahme des Rathauses, verfallen viele Mitbewohner ihres Heimatortes in einen sonderbaren Rauschzustand. Sie feiern praktisch jedes Wochenende und dazwischen wird auf- und abgebaut, geplant und geschmückt. Ab dem Weiberfasching ist dann der Endspurt eingeläutet. Die Frauen übernehmen das Kommando, laufen herum, halten Autos an, wischen mit ihren Staubwedeln herum und schneiden den

Männern die Krawatten ab. Abends dann gibt es einen großen Ball nur für Frauen, oder solche, die sich als Weiber verkleiden. Schon am Eingang gibt es zum Eintritt ein Gläschen Schnaps. Man kann sich aus mindestens zwei Sorten eine aussuchen. Dann geht es hinein ins Vergnügen! Um einen guten Platz (oder überhaupt einen) zu bekommen, muss man zeitig hingehen, denn die Halle, obwohl groß, wird immer knallvoll. Gestern war es wieder soweit – der Weiberfaschingstag war da. Meine Füße, da nun 60jährig, wollen in letzter Zeit nicht mehr so. Ich habe aber durch Zufall festgestellt, dass bei Alkoholgenuss mein Körper entspannt und dadurch die ganze Statik lockerer wird und die Füße dadurch weniger schmerzen. Also den Schnaps gleich auf Ex gekippt und erst mal hingesetzt. Aus Erfahrung weiß ich, dass die Käsestangen immer als erste alle sind. Daher, gleich mal hin und prophylaktisch eine geholt. Dazu ein Bier –

Pils, versteht sich. Die Füße! Sonst würde ich natürlich keinen Alkohol trinken.

Deshalb erstmal die Stange verdrückt und dazu das Pils, das irgendwie sehr klein und ruckzuck leer war.

Mit einem Pulk Frauen ließ ich mich mit einer Freundin in die Damentoilette spülen. Also nicht direkt ins Klo, sondern in den Raum. Mit im Fahrwasser war ein junger Mann, als Frau verkleidet. Befremdete Blicke trafen ihn – auch meiner. Wollte der etwa in *„unser"* Klo??? Entschuldigend wandte er sich um: „Ist hier nicht auch ein Männerklo?" „Draußen rechts!" riefen alle Frauen im Chor und errötend suchte der junge Mann das Weite. Wer schon einmal in Verkleidung auf der Toilette war, weiß, wie gefährlich das ist. Dieses Jahr waren wir als Schmetterlinge verkleidet, hatten also Flügel hinten herunterbaumeln, die jeweils an den kleinen Fingern befestigt waren. Ich selbst wechselte allerdings die Finger ab, weil sie mir sonst abgestorben wären.

Daher musste ich aufpassen, dass mir kein Flügel ins Klo hing und auch sonst kein Malheur passierte, denn auf die Brille setzen, wenn schon so viele Vorgängerinnen (wieso eigentlich Vor-gängerinnen?) die Toilette benutzt hatten, ist nicht empfehlenswert. Da konnte man manch üble Überraschung erleben. Setzen ist also nicht. Dadurch ergeben sich mancherlei Schwierigkeiten, die ich jetzt nicht weiter benennen möchte. Nachdem ich all das erfolgreich bewältigt hatte und wir wieder auf unseren Plätzen saßen, beschloss ich, dass ein Besuch in diesem Etablissement für heute ausreichte und es an der Zeit war, die Dehnfähigkeit meiner Blase zu testen.

Dank Alkohol konnte ich ein wenig auf der Stelle wippen und mich im Takt wiegen und den Anschein des Tanzens erwecken. Die Musik spielte immer besser, hatte ich das Gefühl, oder kam das vom steigenden Alkoholpegel? Egal, es war jedenfalls gut. Die Trennwand hob sich und auf der Bühne erschien die erste Boygroup, gemischt mit Mädels, die eigentlich als Männerballett angekündigt waren. Sie sprangen akrobatisch herum, im Takt versteht sich und waren direkt olympiareif, falls es diese Disziplin geben sollte. Ich kam mir vor wie bei Grease, gemischt mit Akrobatik und Bodenturnen oder rhythmischer Sportgymnastik. Sehr schön anzuschauen. Dann wieder tanzen, schunkeln, schunkeln, Polonaise, schunkeln, tanzen, die nächste Boygroup und lautes Gejohle der Zuschauerinnen. Die Sambaschlappe waren da und tanzten mit Kraft und Begeisterung. Voller Körpereinsatz, so musste es sein. Ich war voll dabei und klatschte und sang laut mit.

Nun wurde es Zeit für die Frau Dr. Dr. FurzimHirn, der kompetenten Ärztin, der die Menschen vertrauen. Sie hatte Schee-Creme (Fettes macht schenner) dabei, die noch schöner macht, Schmerzlossnooch – Doppelschmerz – die Kraft der zwei Schmerzen (Schnapshilftimmer) - Quetscheschnaps und Kaffeelikör), Egal forte - Tabletten (Wirkstoff Miädochwoscht) und Scheißegal – Doppelfortetabletten (Miänochvielwoschter). Das gab erst mal ein Hallo, die Schmerztropfen wurden eingesetzt und taten ihre Wirkung und die Stimmung stieg noch mehr. Dann ging es weiter mit Männerballett und Boygroups, eine schöner und besser als die andere und die Musik tat ein Übriges, bis ich, ja bis ich todmüde war.

Im gesetzteren Alter neigt die Frau vom Land zur Müdigkeit am späten Abend. Leider auch bei außerhäuslichen Aktivitäten zu ihrem

Missvergnügen, aber leider nicht zu ändern. Nach Mitternacht zuhause angekommen, sah ich, dass mein Angetrauter schon zu Bett gegangen war und beschloss daher, noch so lange aufzubleiben, bis mir die Augen zufielen, um ihn nicht wachzumachen mit meiner Herumwälzerei und drückte mich deshalb auf dem Sofa herum und las.

Als ich anfing zu frieren, schlich ich mich ins Schlafzimmer. Ein Vorteil der Taubheit meines lieben Hundes ist, dass er nicht aufwacht, wenn ich ins Bett schleiche. Mein Schatz schlief auch geräuschvoll weiter und so konnte ich mich in das beheizte Bett legen, denn mein Gatte hatte für mich die Heizdecke angemacht. Erstaunlicherweise schlief ich um ein Uhr erst ein. (Zweimal ein gibt nicht zwei). Ich erwachte, als mich mein Schatz leicht an der Schulter rüttelte: „Dreh dich um, du schnarchst mich die ganze Zeit an!" Oh? Ich und schnarchen?

Dabei hatte ich gerade so schön geträumt. Von was weiß ich leider nicht mehr. Also drehte ich mich gehorsam um und nach gefühlten 5 Minuten, weckte mich unser lieber Hund um 5Uhr02. Ich krabbelte müde aus dem Bett und ließ den liebeskranken Hund hinaus und den hungrigen, fresssüchtigen Kater herein. Immerhin, vier Stunden Schlaf – ist doch gut, oder? Und Weiberfasching feiern ist ein Grundbedürfnis der Frauen und muss daher unterstützt werden – Hellau!

3. Die Frau vom Land wird 60

Dieses Jahr war es endlich soweit – ich wurde 60 Jahre alt. Es war mir gar nicht so bewusst gewesen, denn ich fühlte mich innerlich oft wie 20, ab und zu wie höchstens 10, meist wie 40 Jahre und äußerlich wie 80Jahre alt. Das war auch kein Wunder, denn mein Körper war schon etwas zerschlissen. Das Leben hatte seine Spuren darauf hinterlassen und dazu ein paar Kilo zu viel – all das ging nicht ohne Macken ab.

Die Knie wollten nicht mehr so recht, eines war gar neu, na ja, inzwischen versah es schon 5 Jahre lang treue Dienste, die Füße waren auch nicht mehr taufrisch und streikten immer wieder und die Haut reagierte auf alles

Mögliche, dazu überall Arthrose, nein, es war nicht schön manchmal. Wenn man mir zusah, wenn ich mich unbeobachtet fühlte, konnte man meinen, da schleppt sich eine 80jährige Frau herum.

Nun ja, im Januar wurde ich also tatsächliche 60 Jahre alt. Der Januar ist ein blöder Monat um Geburtstag zu haben. Man kann nicht in den Garten, es ist immer kalt und ungemütlich und alle müssen sich drinnen aufhalten. Also so wie an Weihnachten ungefähr, nur bei einem runden Geburtstag ungleich schlimmer. Also schlug mein Herr vom Land vor, eine Örtlichkeit zu mieten, um dort zu feiern. Meine zahlreichen Einwände wischte er mit einer wegwerfenden Handbewegung weg. „Du wirst nur einmal 60!"

Da hatte er allerdings recht und ich begann, mich mit dem Gedanken anzufreunden, groß zu feiern. Ich schrieb alle zusammen, die mir am Herzen lagen und kam auf über 60 Leute, was mir passend erschien, von der Zahl her und schrieb die Einladungen aus.

Wie inzwischen wohlbekannt ist, bin ich nicht mit einigen Gaben gesegnet, die man braucht, um solch eine große Feier zu planen und zu stemmen, doch zum Glück habe ich liebe Freunde!

Sie haben zahlreich bei den Vorbereitungen geholfen, sei es die Dekoration, die Jutta einmalig und wunderschön, passend zu mir gestaltet hat, mit dem Thema Wald – oder meine Freunde Lina, Claudia und Helmut, die mit meinem Mann vom Land die Tische und Stühle stellten und schön herrichteten. Nicht zu vergessen alle Kuchen- und Tortenbäckerinnen, sowie Nachtischfabrikantinnen. Alles war an diesem Tag so wunderschön und wohlschmeckend und lecker, dass ich es mein Lebtag nicht vergessen werde. Wir feierten in der Örtlichkeit des Carnevalvereins, die von der Größe und Ausstattung passte, wie die Faust aufs Auge. Wir hatten sogar eine Musikanlage, die mein Sohn Max mit meiner ganzen Lieblingsmusik fütterte, was eine Wohltat für meine Ohren war!

Und Langeweile herrschte keine Sekunde lang. Es wurden Stücke aufgeführt, von meinen Kindern, Enkeln und Freunden, es gab eine Tombola, deren Erlös für mich war, mit einer Ballonfahrt als Hauptpreis, die direkt und live angetreten wurde und ich muss sagen – so viel, wie ich an diesem Tag gelacht und gestrahlt habe, so viel Glück auf einem Haufen, habe ich schon lange nicht verspürt und es war für mich das reine Vergnügen und jeden Euro wert. Ganz ehrlich!

Die Frau vom Land fastet

Nach dem großen Geburtstag mit Feier und Essgelagen, sowie Zuckerexzessen, beschloss ich, etwas zu ändern.

Beileibe nicht freiwillig muss ich gestehen, sondern erst nach massiven, gesundheitlichen Beschwerden. Auf Deutsch gesagt: Ich konnte kaum noch laufen. Zeitweise war es so schmerzhaft, dass ich mir ernsthaft überlegte, Krücken zu benutzen. Einzig der Gedanke daran, wie ich dann unseren liebeskranken Hund an der Leine führen sollte, hielt mich davon ab. Ebenso muss ich gestehen, dass mich das mitleidige Beobachten mancher Zeitgenossen irritieren würde und all die Fragen, was mir denn passiert sei. Und all das, nur weil ich mich nicht zügeln konnte, sapperlot!

Beim Hundespaziergang bekam ich den Tipp, es mit Entsäuern zu versuchen oder besser gleich mit Intervallfasten. Davon hatte ich schon viel gelesen, der Leidensdruck war groß genug und somit war ich soweit – die Fasterei war beschlossene Sache und ich fühlte mich dem anderen Druck – dem Essdruck - gewachsen.

In letzter Zeit hatte ich wirklich grob geschludert. Beim Schreiben mussten es Pfefferminzschokoladelinsen sein. Ohne sie bliebe mein Hirn leer, redete ich mir ein. Dann erweiterte ich das Sortiment auf Nüsse in Schokolade, die bekanntlich nur im Mund und nicht in der Hand (was sollen sie da auch?) zergehen. In der Hand blieben sie eh nicht lange genug, um zu schmelzen. Ich schrieb also an meinem Krimi und aß und mordete gleichzeitig – es war sehr angenehm. Doch wenn ich dann auf die Füße musste – wie oben bereits erwähnt - litt ich. Bei mir muss der Leidensdruck ziemlich hoch sein, denn ich bin sehr leidensfähig. Leider. Doch damit ist jetzt Schluss, beschloss ich. Ich wollte noch gern leben, ohne Schmerzen, ohne allzu viel Fett überall und dazu noch einigermaßen manierlich aussehen. Ob das möglich war? Ich wollte es versuchen. Ich beschloss - morgen fang ich an. Ohne Wenn und Aber! Allein schon beim Gedanken daran, fühlte ich mich leichter.

Es geht los:

Am nächsten Tag begann ich damit, gar nichts zu essen. Ich bin leider der alles oder nichts-Typ und kann mich nicht zügeln, wenn es schmeckt. Also war die einzige Lösung: Nichts essen.

Ich trank Wasser wie ein Pferd und suchte dementsprechend oft die passende Örtlichkeit auf, um es wieder loszuwerden. Komischerweise war es gar nicht so schlimm, nichts essen zu dürfen. Nur kochen wollte ich nicht an diesem Tag. Ich hatte gelesen, wenn man eine Tasse Kaffee mit einem Esslöffel Butter und Öl aus der Kokosnuss aufpeppt, würde das sättigen und von Fressattacken abhalten. Ich hatte zwar nicht das vollkommen richtige Öl, aber dopte mich trotzdem mit dem Peppkaffee, den ich mit dem Kokosöl versetzte, das ich daheim hatte.

Nach dem ersten Tag, den ich ganz munter überlebt hatte, durfte ich wieder alles essen, doch – o Wunder – ich hielt durch und schlug nicht bei Eis, Schokolade und Co zu. Dann folgte noch ein Null-Tag, doch irgendwie merkte ich - das ist es nicht - es passte nicht so recht zu mir.

So kam ich nach umfangreichen Recherchen im Internet auf Basenfasten.

Ich beschloss, das muss es sein und mein Herr vom Land signalisierte seine Bereitschaft, sich solidarisch mit mir, nur mit Obst und Gemüse - vollkommen basisch - zu ernähren. Ein Diätplan wurde erstellt, damit ich die richtigen Zutaten kaufen konnte und los ging es.

Wir aßen nur noch gesunde Lebensmittel. Rote Bete wurde unser Lieblingsessen. Wenn man bedenkt, dass ich noch nie ein Freund der roten Rüben war, ist es schon befremdlich. Trotzdem, mit gedünstetem Lauch schmeckten sie mir wirklich und die Suppen, die wir jeden Abend löffelten, bekamen uns so gut, dass wir auch weiterhin daran festhalten.

Ein Nebeneffekt – ich nehme (immer noch) ab. Nicht genug vielleicht, aber stetig und das ist besser, als hau ruck. Die tägliche Frühgymnastik ist ein fester Bestandteil meines Morgens geworden und allmählich habe ich mehr Muskeln und weniger Schmerzen beim Laufen. Alles in allem kann ich nur sagen - nicht aufgeben! Egal, wie alt ihr seid, es lohnt sich immer, etwas für sich zu tun. Egal was es ist, ihr müsst nur dahinterstehen und es für EUCH tun, dann kann es nicht falsch sein.

Die Frau vom Land bedankt sich

Es macht mir einen Riesenspaß, das Schreiben. Ich gebe zu, mein Leben ist viel lustiger und spannender, seit ich angefangen habe darüber zu schreiben. Dabei war es das schon immer – genauso wie eures auch.

Wenn die Verbissenheit weg ist, das durchhalten müssen, egal was kommt, dann wird es leichter und lockerer. Es fließt mehr. Egal was es ist, andere können darüber lachen, wenn ich es zu Papier bringe. Es wiegt nicht mehr so schwer.

Darum will ich euch heute danken. Danken fürs Lesen und fürs Lachen. Danke!

Trotz allem, was ist. Trotz Ängsten, trotz Corona-Virus, von dem wir noch nicht wissen, wie er uns schaden wird. Wie sehr wir möglicherweise darunter leiden werden. Körperlich, seelisch und materiell.

Wir werden es schaffen, da glaube ich fest daran und vielleicht finden wir sogar hinterher etwas daran zum Lachen. Und wenn es nur der Gedanke an eine Klopapiersteuer ist.

Warum eigentlich nicht? Toilettenpapiersteuer würde vielleicht helfen, dass für alle genug da wäre.

Ich wünsche mir, dass jederzeit für alle genug Essen und Toilettenpapier da ist. Wirklich!

Von Herzen alles Liebe

Anna Hasenpusch – eure Frau vom Land

Kurzes Nachwort:

Ich würde mich freuen, wenn ihr mir schreibt. Wie euch mein Buch gefallen hat, ob euch manches vielleicht bekannt vorkommt, oder ob ihr euch an manchen Stellen gar wiederfindet.

Das würde mich wirklich interessieren! Habt ihr Lust?

Meine Mailadresse ist

Schreibline@t-online.de

Eure Birgid Windisch